KB088935

육아가
美치도록 싫은 날

육아가 美치도록 싫은 날

이루미맘(오영경) 지음

한국경제신문*i*

PROLOGUE

아들이 태어나고 처음으로 '엄마'가 되었습니다.

오직 나만을 위한 삶을 30년 넘게 살다가 누군가를 하루 종일 뒷바라지하며 산다는 건 예전에는 절대 상상할 수 없는 모습이었죠.

너무 예쁘고 사랑스러운 내 아이인데, 육아는 왜 이렇게 힘든 걸까요?

말 못 하는 어린 아들과 씨름하다가 감정이 바닥을 치는 날에는, 아들이 자는 밤에 그저 살기 위해서 美친 듯이 그림을 그렸습니다.

독박육아에서 오는 극도의 외로움과 답답함, 반복되는 육아 전쟁에서 오는 스트레스도 있었지만, 반면 좋은 엄마가 되고 싶다는 간절한 바람, 아이에 대한 안쓰러운 마음도 공존했습니다.

육아를 하면서 느낀 다양한 순간들을 6년 동안 그려나가면서, 조금씩 힘든 감정이 풀려나가는 걸 느꼈고, 빡센 육아 라이프 속에서 이 작업은 저에게 작은 힐링이 되어 주었습니다.

육아툰을 그리면서 스스로 위로를 받은 것처럼, 육아를 하며 힘들어하는 엄마들에게 작은 웃음과 공감, 그리고 위로가 되었으면 하는 작은 바람을 이 책에 담아봅니다.

이루미맘(오영경)

PROLOGUE - 4

PART : 3

'엄마'라는 이름의 무게감

PART : 4

81년생 육아맘

PART : 5

서툴러도 괜찮아, 엄마니까

PART : 1

엄마도 엄마가 처음이야

아이의 탄생과 함께
웰컴 투 육아 월드!

열 달 동안 아이를 품고
좋은 엄마가 될 거라는 바람은

밤낮이 바뀌어
2~3시간 간격으로 울어대는
신생아 앞에서 여실히 무너졌다.

응애~

응애~

작은 아이를 바라보며
내가 과연
엄마가 될 수 있을까?

밤마다 눈물로 지새우던 시절.

아기 분유 주는 것부터
기저귀 갈아입히는 것까지
모든 것이 생소했지만

무엇보다 낮밤이라는 개념이 없는
신생아를 돌보다 보면,

엄마... 잠 좀 자자...

응애~

수유 타임 맞추느라
새벽에 깨기도 하고,

몸이 불편해서 울어대는 아기 붙잡고
밤새우기도 부지기수!

하얗게 불태웠어...

하아~

식은 육아리카노ㅠ.ㅜ

아이가 탄생하는 순간부터
그렇게 엄마라는 존재도
함께 탄생하는 것이다.

엄마 어서 와!
이런 세상 처음이지?

웰컴 투
유 아
월드

헉!

육아가 힘든 이유

온몸이
만신창이가 된
기분이야~

기다린 아이의 탄생도 잠시
출산하고 나서
몸이 예전 같지 않은 초보맘.

휴우~

으아아악!!

수북수북!!

풍성했던 머리카락은
우수수 빠지지 시작하고

아이 낳으면
바로 들어갈 줄 알았던
뱃살은 아직도 남아 있다.

대체 살은
나만 찐 거냐며!!

쪼글
쪼글

(덤, 지금도 안 빠지고
있다는 게 함정!!)

호르몬이
원래 몸으로 되돌아가는 과정에서

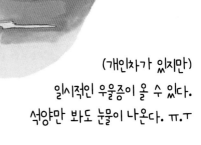

삶은 이런 거야~

우울증

이유 없이
흘러나오는 눈물

(개인차가 있지만)
일시적인 우울증이 올 수 있다.
석양만 봐도 눈물이 나온다. ㅠ.ㅜ

아기는 이렇게 예쁜데
도대체 난 왜 그러지...

왜 눈물이
나는 거냐고!~

배냇짓

작년 이맘때는 옷도 예쁘게 입고
화장도 곱게 한 후에 외출했는데

으아아앙~

아기 토 자국이
가득한 수유 티 ㅠㅠ

그동안 나라는 존재를 위해서
목표가 맞추어진 삶이라면

아이가 태어난 순간부터는
아이를 위해서 맞추어진다.

급작스러운 환경의 변화에
적응이 안 되는 것도 있지만...

육아가 힘든 이유는
여기에 있는 것이 아닌가 싶다.

서툴러도 괜찮아!
엄마란 그런 존재거든

밖에 나가서 콧바람도 쐬고

신생아들은 손이 많이 가기에
온종일 엄마의 돌봄이 필요하다.

아이에게 하루 종일 신경 쓰다 보면
엄마만의 쉼과 여유가 없는 건

휴~ 쉬고 싶다!

어쩌면 당연한 일이 아닐까?

물론 아이의 발달과 성향에 따라
엄마가 느끼는 육아의
체감 강도가 조금씩
다르긴 하지만

아이가 어릴수록
엄마의 기본적인 욕구들을
일시적으로 *양보해야만 하는 것이
육아 같다.

* 아이가 크면서 스스로 하게 되는 부분들이
있기에 이때는 양보라는 단어를 선택했다.

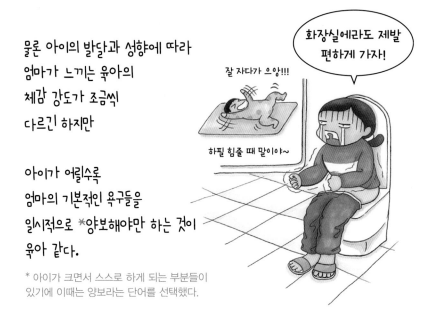

잘 자다가 으앙!!!

하필 힘줄 때 말이야~

화장실에라도 제발
편하게 가자!

엄마 나 화장실
다녀올게~

초딩 아들

그래...

21

사실 육아의 비법이란 딱히
정해진 건 없지만,

육아할 때 틈틈이 쉬거나
잘 자는 것만 해도 엄마의 체력에는 도움이 된다.

친정 엄마나 신랑, 산후 도우미 등
주위의 도움을 구할 수 있다면

적극적으로 요청해보고,

으아-

잠깐 눈 좀
붙여라.
아기는 내가
볼 테니~

무엇보다 아기가 잘 때는

엄마도 잠깐이라도
같이 자는 걸 권장하고 싶다.

아기 낮잠 잘 때 나도
미리 자둬야지.

물론, 지금은 육아가 서툴고 힘들다 해도

힘들지...
잠깐 외출하고 와~

BABY
BLUE

생각만큼은 크게 걱정하지 않아도 된다.
우리도 이만큼 엄마의 정성과 사랑으로 자라온 만큼

엄마 보고 싶다!

쉬러 나왔는데도
떠오르는 너의 얼굴….
꺄꺄!
우리 아기 보고 싶네~

아이 얼굴만 바라봐도
스스로 강해질 수 있는 존재가

바로
엄마가 아닌가 싶다.

엄마를 힘나게 하는
우리 아이의 심쿵 미소~

"이 미소에
엄마는 오늘도 힘내본다."

좋은 엄마 콤플렉스

배 속에 열 달 동안 품은
이 작고 사랑스러운 아기를 보고 나서
'엄마'라는 이름을 달게 되었다.

보면 볼수록 이렇게 예쁜데
대체 엄마 마음은 왜 그러는 거니?

네가 이유 없이 울 때
초보 엄마는 이유도 몰라 그저 허둥지둥~

밤에 잠도 안 자고
등 센서가 수십 번이나 작동하면

이렇게 작은 아기에게 소리치는 나.
대체 엄마 맞니?

하루 종일 기저귀 갈고
너에게 젖을 물리고
또는 분유를 주며

밖에 자유롭게 외출도 못하는
너와 함께 있는 24시간이

엄마는 그저

힘들어서... 여기서 탈출하고 싶다.

너에게 좋은 엄마가 되고 싶어서 굳게 다짐하던
그때 그 모습은 어디로 간 것일까?

이 시기에 엄마들은 많이 힘들죠.
오직 엄마만 바라보는 이 작고, 예쁜 아이 앞에서
'좀 더 견뎌야지', '그래, 좋은 엄마가 되어 줘야지' 하지만,
당신은 이제야 엄마가 되었어요.
당신은 엄마이기 전에 그저 한 인간이랍니다.

배고프다고, 기저귀가 젖어서 찜찜하다고, 자고 싶다고, 불편하다고
우는 아기처럼 엄마도 이제 겨우 걸음마를 뗄 때는 엄마가 되었네요.
보채는 아이처럼 끊임없이 밀려오는 내면의 다양한 감정들을 인정하고,
처음부터 좋은 엄마가 되려는 조급한 마음을 비우세요.

언제나 아이를 걱정하며, 생각하는 마음만으로도
당신은 이미 최선을 다하고 있답니다!

육아맘 패션

아이가 태어나기 전의
삶의 관심사는 뭐라 해도

그렇지 ㅎㅎ

1순위 나
2순위 나의 일, 취미, 공부 등
3순위 내 주위의 가족, 친구

기저귀 한 딜
떴네!~

하지만 아이가 태어나면서

1순위 아이
2순위 (아이에게 필요한) 육아템
3순위 (아이를 위한 정보의 창고) 맘카페

오직 아이에게만 신경 쓰다가
나라는 자각이 올 때쯤

헉!

그제야 보이는
며칠 감지 않은 꼬질꼬질 부스스한 머리

새벽 수유로 온
다크 서클.

대충 질끈 묶은 머리끈.

잘못 챙겨 먹어서
어딘가 홀쭉해 보이는
누렇게 뜬 얼굴.

빅 사이즈 원피스를 입어도
감추어지지 않는 뱃살.

그나마 착용할 때
제일 편하다는 이유로
데일리 레깅스!

(얼굴만 홀쭉해지지
뱃살은 안 빠진다는 게 함정...)

이거라도 입어야 그나마 다리라도
날씬해 보이겠다는 착각 아닌 착각.

덕분에 레깅스는
육아맘의 변치 않은 패션 아이템으로 등극한 듯!
(뭐 이건 어디까지 추측입니다.)

중요한 건 이런 내 모습을 발견하고
잠깐 충격을 받지만

꺄오~

그럴 새도 없이
아기가 울면 달려가야만 하는 이 웃픈 현실!

으아아아아앙~~

덤으로, 육아맘 패션에
아기 띠는
때려야 뗄 수 없는 필수 옵션입니다.

꿈에서라도 부르고 싶은 그 이름 '자유부인'

육아 퇴근 후에 쓰러지듯이
누워 있다 보면

모든 게 귀찮은 날~

일어나서 기저귀
갈아야 하는데...

피곤해...

ㅇ ㅇ ㅇ ㅇ

ZZZ

어느새 잠이 들고
꿈에서라도
누군가 나타나서 말이야.

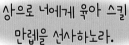

제가 바라는 것은...

그것만큼 바라는 게 있다면...

이틀이라도 푹 쉬고 싶습니다!
아니면 하루라도 좋고

아, 제발~~~

꿈에서라도
부르고 싶었던 그 이름!
'자유부인'

p.s.
그저 바라만 봐도
너무 예쁜 내 아이지만
아이와 함께 쉴 없이 돌아가는
육아 라이프 속에서
엄마도 가끔 쉬고 싶은 마음은
어쩔 수 없나 봅니다.

너도 그러하니? 나도 그러하다
(feat. 육아 좀비맘)

아침에 일어나니
눈부신 햇살에
눈이 떠지고

엄마는 더 자고 싶은데
일어나니 미친 듯이
몰려오는 피곤함에

멍...

오늘도 멍...

에미야~ 그럴 시간이 어디 있느냐?
어서 일어나서 밥 줘야지!

아, 맞다.
아들내미 밥!

아들과 눈이 딱 마주친
그 순간!

오늘도 육아 시작이로구나!

엄마는 아침밥 준비하느라
손은 재빠르게 움직이는 것처럼 보이지만

뇌는 피곤함과 수면 부족에 잠시 멈춘 상태.

아들 전용으로 맞추어진
엄마의 정형화된 웃음과

습관화된 행동 패턴에 몸이라도
자동으로 움직이는

나는야~
오늘도
*육아 좀비맘!

씨익~

* 육아 좀비맘
고된 육아로 인해 뇌의 활동이 침체되어버림. 정형화된 육아 패턴 때문에
몸이 알아서 움직이는 한편, 피곤함과 수면 부족에 찌든 엄마를 일컫는 말.

그래.
한눈에 봐도 알아차렸다!
초점 잃은 눈빛과
뇌는 피곤함과 수면 부족에 잠시 멈춘 상태.

느릿느릿하지만
무수히 반복된 패턴에 따라 움직이는
정형화된 육아 동작.

그렇다.
역시 우리는 육아 좀비맘!!!
We are Zombie-moms!

하지만 밤이 되면
아이가 잠들자마자

서서히 깨어나는 또렷한 정신력‼
엄마도 정말 그 이유를 모르겠다.

아이 잘 때 보는 소소한 드라마(삶의 낙이어라~)
맘카페에서 얻는 다양한 육아템 정보와 시시콜콜한 잡담들로

열심히 스마트폰과 친구하다 보면
날이 새는지도 모른다.

그렇게 엄마도 레벨 업!

가만히 누워만 있던 아기가
앉거나 설 때마다 어찌나 신기한지

아기가 태어나서
처음으로 앉은 날.

이야!

우아!

찰칵~!

찰칵찰칵! 사진 찍느라 정신없는 엄마.
SNS 올린다고 난리ㅋㅋ

초보맘 눈에는
그저 모든 게 신기하기만 했다.

다다다닥-

하지만 아이가 자랄수록
엄마의 정신력과 체력도 함께 성장하고
육아 노하우도 점점 쌓여만 가는데

어느덧
엄마도 레벨 업 되는 것이다!

쌀 한 자루도 못 들어 올리던 여리여리한 팔은

10kg 넘는 아기도
거뜬히 한 손으로
들어 올리며

아기의 무게를
지탱하느라
튼실하게
알이 박혀 있음.

나름 날씬했던 다리는

더러운 것은 쳐다보지도 못했던
고상한(?) 정신력은

아들~
조금만 더...

ㅇㅇㅇ...

치우려고
미리 대기 중!

아이의 응가를 손으로 만져도
아무렇지 않을 만큼 무덤덤하게 변모했다.

우리 아들~
시원했어? ㅎㅎ

그렇게
엄마도 레벨 업 되는 것이다.

육아는 2배 인생

육아란
'나' 중심의 생각에서 벗어나

'우리'를 배워가는 것!

*You Only
Live Once

*Babies Open
Life Opportunity

하루를 살아도
뭔가 2배 더 정신없네.

하아~

그래서 엄마는
항상 '두 배 인생'을 사는 기분.

육아하다 보면

"멘붕도 두 배!"

꺄아~

휴지 뽑기
신났음!

치우는 건
언제나 엄마 몫이네.

"노화도 두 배요."

다크 서클은 덤ㅠㅜ

눈 밑에 주름살이...

캑~

"
밥도 두 배라서
"

아이가 남긴 밥이
왠지 아까워.

우걱우걱!

내가 어떻게
만든 건데...

아이가 자고 난 후
야식은 덤!

캬아~

육아 퇴근 후에 먹는
치맥이란!

"
덕분에
살도 두 배로구나~
"

아, 그래서 출산하고
살이 안 빠지는 건가...

늘어진 뱃살~

우리 아이 수면 교육

따뜻하고 아늑한 엄마 배 속에서 이제 막 나온 아기는 어쩌면 원래 있던 엄마 배 속을 그리워할지도 모릅니다. 따라서 아기가 적응할 때까지 충분히 기다려주어야 합니다.

하지만 뭐든지 '빨리 빨리' 하는 한국식 습관에 익숙한 육아맘들에게 아기가 적응할 때까지 기다려 주는 것은 쉽지 않은 일이에요. (물론, 육아하는 과정에서 이 기다림은 수없이 적용되는 게 함정이죠! 그래서 이놈의 육아는 때때로 힘들게 느껴지나 봅니다. ㅠㅠ)

> "
> 아이 기질이나 성향에 따라 다르기에
> 딱히 수면 교육의 정답이란 없다.
> 다만, 우리 아이에게 맞는 적용 방법이 있고,
> 그 방법이 엄마와 아이 모두 편하다면
> 그걸로 오케이인 것이다.
> "

육아맘 앙케이트 우리 아이 수면 교육 이렇게 해보았다!

이루미맘

아들이 6개월 되어서야 통잠 자서
그제야 밤샘 육아에 벗어났습니다.
혼합 수유를 했으나 분유 양이 많아서인지
아들이 잘 먹고 나서 배가 만족스럽게
불렀을 때 잘 잔다는 걸 알게 되었네요.
(하지만, 배가 더부룩하거나
가스가 차는 경우가 있으니
아이의 컨디션에 따라 조금
씩 조절해주세요.)

나루나들맘

자기 전에 꼭 목욕을 시켰어요.
보송보송 개운해야
잘 잤던 것 같아요.

다인맘

모든 집 안의 불을 끄고
자장가를 조용하게 틀어줘서
재웠어요.

하준맘

수면 교육은 딱히 해본 적이 없어요.
요즘은 불을 끄고 일단 눕습니다.

민경, 은경맘

다양한 육아 책을 보며 수면 교육을 시도했어요. 개월 수별로
수면 주기 및 시간을 참고했고, 잔잔한 음악을 들은 뒤 책을 읽
어주었지요. 암막 커튼으로 어둡게 해서 재웠는데, 결국은 아이
성향에 따라 효과가 다르다는 것을 실감했네요.

하은맘

수면 교육인지 모르지만 잠든 아기 귀에 "사랑해"라고
늘 얘기했어요. 지금도 계속하고 있지요.

PART : 2

육아가 美치도록 싫은 날

반항기의 시작!
미운 세 살

엥?

자아

사춘기 때부터 반항기가 시작된다고
누가 그랬던가?

둘 지나고 걷기 시작하니
자아가 점차 자라면서

미운 세 살

반항

변덕

세살이 되니 반항을 포함한
변덕의 상승점을 찍는 기분!

우리는 브라더...

쭈뼛~

쭈뼛~

반항

변덕

이런 말은 이제 일상이고

자주 들으면
무덤덤해질 거 같아도

엄마도
가끔은 가끔은... 상처받네.

그만큼 아이의 자아가
발달했다는 건데

가끔은 혼자 있고 싶다.

시시때때로 바뀌는
아이의 변덕에
엄마는 언제나
도를 닦는 기분인걸.

엄마~
보고 싶었쪄...

응?

그래도 아이가 건강하고
잘 자랄 수 있다면야

그래...
이게 엄마의 인생인 거야.

사랑하는 아이를 키우는
엄마의 숙명이랄까?

참을 인 忍忍忍

끄~억!

씨익~

네가 일부러 그러는 거
아니라는 건 알지만

하지만 억 소리 나게 아픈데
이거~ 애한테 말도 못하고 ㅠㅜ

야! 조심하란 말이야!!!

마음은 정말~ 정말!
그러고 싶지만

아~ 오늘도 아이 앞에서
참을 인... 참을 인... 참을 인...
忍··· 忍··· 忍···

누구 머리를 닮은 거니?
너의 단단한 헤드.

아빠 닮아서 단단한 거니?
아니면 엄마를 닮은 거니?

으~ 으...

??

너가 한 번씩 그럴 때마다
너무 억울해서

불쑥 화가 올라오지만
엄마의 화내는 모습을 보고

너는 어리둥절하며 눈물 지을 테니

그래 이만 하자.
네가 일부러 그런 것도 아닌데...

이랬다저랬다 얄미운 청개구리 네 살

이제 1차 반항기(?)가 슬슬 지나가나 싶더니
요즘은 시시때때로 변하는 너의 모습.

이랬다저랬다
아주 변덕이 죽을 끓는다.

엄마는 어느 장단에
맞춰줘야 하니?

소유에 대한 욕구도
점점 강해지고

그저 장난감에
다가가기만
했을 뿐인데 말이야...

이 시기가 지나면 또 뭐가 올지
엄마는 한편으로 걱정되기도 해.

하지만 이것도 아이가 클수록 거쳐가는
감정의 변화 중에 하나라 생각하기에

오늘도 엄마는
쿨하게 생각해보련다.

#이랬다저랬다
#쉽지 않은 #네 살 아들 #기분 맞추기

아이가 떼쓸 때 엄마의 뇌구조

평화롭던
엄마의 뇌 속에는 말이야.

나름 쉼과 여유가 있었지.

캬오!

그런데
떼쓰기 공룡 한 마리가
지나가더니

나름 평화롭던 엄마의 뇌 속을
한바탕 쑥대밭을 만드는 느낌!!

안 돼!! 그것만큼은…

아~ 제발… 제발… 아들…

으아앙~

엄마는 정신 줄 부여잡는 중!!

으아아아아앙~~

오늘도 이렇게
육(!)아 라이프~~

육아가 아니라
'육!' 한다고 '육아'라고 전해주오.

#그러하다 #오늘은 독박육아라
#육아(!) 라이프 #엄마도 헬프 미

어린이집 보내기 전
엄마 마음

너가 안 보이면
무슨 사고를 칠지

엄마는 널 따라다니며
지켜보느라

이맘때 밥이 코로 가는지,
입으로 가는지

꾸역꾸역~

아~~
혼밥이라도 좋으니
사람답게 먹고 싶다!

엄마는 그저
살기 위해 먹어~

드드드드득~

어린이집에서
드디어 연락 옴!

그나저나

이 어린것을 어찌
어린이집에 보내누?

어린이집에서 엄마 보고 싶다고
울기라도 하면 엄마 마음
그저 맴찢인데 말이야... ㅠㅜ

언제쯤 커서 어린이집에 가나 했더니

막상 입소 문자 앞에서 '아이가 엄마를 찾지 않을까?',
'잘 적응은 해줄까?' 고민되는 엄마 마음.

아이가 어린이집 가는 동안 단 몇 시간이라도 쉬고 싶다며
혼밥이라도 좋으니 여유롭게 먹고 싶은 간절한 바람과 더불어

엄마는 깊은 고민 중이네요.

엄마의 감정은 롤러코스터

엄마~!

엄마~!

사실 그날만 기다렸어.
너가 어린이집 첫 등원하는 날!

하지만 어린이집 앞에서
우는 너의 모습을 보니

엄마는 쉬고 있어도
쉬는 게 아니네.

잘 적응하려나?···

어휴~

점심만 먹고 오던 네가

어느덧 적응기 끝나고
처음으로 낮잠 자고 오는 날!

엄마는 사실
그날만 기다렸어.

엄마도 편하게 점심 먹고
집안일을 할 수 있거든.

이렇게
먹어보기도 진짜 오랜만이네.

친구들하고 안 자겠다고 우는
널 생각하니...

역시 쉬어도 쉬는 게 아니야~

걱정되어서 연락해보니
네가 제일 먼저 잠들었다는 이야기를 듣고

왜지 안심이 되지만
엄마는 역시 너의 모습이 눈에 밟히네.

하지만 시간은
왜 이리
빨리 가는 거니?

청소하고

점심을 먹고

슬슬 책상 앞에 앉아
일하려고 하면

어라?
벌써 3시네...

하원 시간이라고!!!

아! 솔직히
흘러가는 시간을 붙잡고 싶다.

그래도

하나씩 떠오르는

역시 안 되겠다.
아들, 조금만 기다려.
엄마가 달려갈게!

아이가 하원하고 나면

아이를 어린이집에 보내고
하원할 시간이 서서히 다가오면

가끔은
엄마 몸이 두 개였으면 좋겠어.

으쌰~ 으쌰~

의욕 넘쳐서
아들이랑 무한대로
놀아주고 싶은 엄마 하나!

반면에
그저 푹 쉬고 싶은 엄마 둘!

진짜 엄마 몸이 두 개였으면
얼마나 좋을까??

아들은 보고 싶지만
그저 쉬고 싶은 엄마의 이중적인 마음이네요.

엄마에겐 꿀 시간

유난히 그럴 때가 있다.

피곤하고
아무것도 하기 싫은 날.

깍!

방바닥이 나인지…
물아일체.

꺄악!

휙휙~

벌떡!

넌 낮잠도
안 자냐?

특히 아들내미 낮잠 안 잘 때
더욱 그랬던 거 같아.

하루 종일 시달리다 보면
엄마는 왠지 모르게 떡실신.

그래도 8시만 넘으면 자니까
빨리 재워야겠다!

기필코
널 재우리라~!

엄마,
놀아줘!

뒹굴~

뒹구르르~

아들내미 재우려고
불을 끄다 보면

방 안을 뒹굴뒹굴...
넌 자기 전에도 에너지가 넘치냐?

네가 굼벵이야?
뭐야?

엄마! 배고파.

배가 아픈 거는 아니고?

아들~ 밥 먹은 지
얼마 안 됐거든?

아빠 보고 싶어!

언제 부자 관계가
그렇게 돈독했냐고?

결국,
나도 모르게 자는 척하다 보면

어느새 새근새근 잠들어 있는 아들내미.

아, 이제 일어나야 되는데
이 황금 같은 시간을 절대 놓칠 수 없어!!!

엄마 피곤하지?
같이 곤히 자자.

잠

ZZZZZ

아아... 안 돼...
제발~ 나한테 이러지 마!

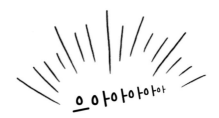

"자고 일어나니
벌써 아침이야!!!"

그렇다.
아들내미를 일찍 재워도

왜! 왜! 그 시간을 활용 못 하는 거니?

나 홀로 육아 歌

어둑어둑 지는 해를 보며
내 님은 언제 오실꼬...

하아~~

우다다다~

어허~

휙!

휙

휙!

하염없이 기다려 봐도

내 속만 타들어가네.

자유부인 꿈꾸는 건
이제 옛말이니...

내 님이나 어서
오실까 하노라.

내 체력은 바닥이요.
정신력은 너덜너덜.

육아 퇴근 후에도
남아 있는 집안일에

오늘도 한숨 쉬네.

육아는 엄마만의 몫이 아니에요!

#아빠에게도 #정시 퇴근
#함께 육아할 기회를 주세요.

엄마와 나 사이
아슬아슬한 줄타기

곱게 화장하고 싶은데...

예전처럼 유행에 맞는 옷도
자유롭게 입고 싶고

FREEDOM

히잉~

다크 서클도::

어느새 눈가에 주름이

언제 이리 늙었누?

이런 엄마 속도 모르고
아들내미는 엄마하고만
놀아 달라 하네.

결국 아들과 외출 후에

돌아오면 기다리는 집안일,
아이 저녁밥 먹이고 재우기.

그동안
못했던 일을 하다 보면

피곤해서
벌써 잘 시간.

엄마라는 현실에 충실하다 보면
마음속 깊이 밀려오는 아쉬움들.

그리고
오직 나만을 위한

"그때의
시간들이 그립기도 해."

내 마음속에는

엄마와 나라는 사이의
아슬아슬한 줄타기 중...

#이 또한 지나가려나?

극한 헬 육아

3살 전까지 엄마가 갖추어야 할 스킬

신생아∼6개월

밤낮을 가리지 않는
수유 타임에도 버틸 최강 정신력!

6개월~12개월

집안일을 하다가 아이의
저지레 행동을 빨리 캐치해내는

어안 스킬 (눈이 뒤에 달림)

위험한 물건이
입으로 들어가는 순간~

12개월~24개월

묻지도 말고, 따지지도 말고 바로 직진!!

뇌 명령

호잇!

직진 준비완료!

자랄수록 체력과 가속도가 붙는

꺄아~~

엄마, 준비됐는가?

아이에 버금가는 무한 체력!

엄마가 잠깐 한눈판 사이에

위치 추적 중

눈에 띄지 않는 아이의 위치 정도는 추측할 수 있는 공간능력.

찾았다~ 요놈!

??

24개월~36개월

안 돼~

하지 마!

싫어!

아이의 자아가 생성되는
1차 반항기 미운 세 살!

더불어
영혼이 담긴 락 스피릿을

점차적으로 확대시키며

으아아아악!

떼쓰기
끝판왕을 보여준다.

그래, 저건 진정한
락 샤우팅이다!

그에 맞게 대응하는
막강 최면력과

INNER PEACE

엄마의
내적 평화는
필수!!

단, 공공장소에는 적용되지 않는 게 함정!

PART : 3

'엄마'라는 이름의 무게감

육아의 아이러니

육아는
너무 예뻐서 힘들고

으아아아아~

너무 힘들어서
예쁘더라.

힘들지만 엄마를 찾는 어린 아들 덕분에
계속 안게 된다는 게 함정.

육아 퇴근하고
꿈에서까지 보이는 네 얼굴이

엄마는 여전히 예쁘다.

사실 아이가 어릴수록 정신적으로, 육체적으로
신경 쓸 게 많아서 그런가 보다 생각했네요.

아이가 크면 클수록
'내 마음도 조금은 홀가분해지지 않을까?' 기대했지만

아이 키워본 선배 엄마들 이야기를 들으면
꼭 그런 것도 아니라 하니

이 역시
육아의 아이러니.

폭풍의 시기

아이들에겐
그런 시기가 있나 보다.

울음을 멈추지 않고,

떼를 쓰고

유독 짜증을 부리는
그런 시기!

그럴 때마다
엄마 머릿속에는 말이야.

거대한 토네이도 지나간 줄...

하지만 이 시기를 벗어나면
아이는 제법 몸과 마음이
성장했다는 느낌이 든다.

그동안 울음이나 짜증으로
원하는 걸 얻었다면

이제는 말로
의사소통을 전하니

뭐 아이가 커가면서 또 그런 시기*가
오지 않는다는 보장은 없어서

* 아이들의 성향이나
  환경에 따라 주기적으로
  오는 듯하다.

엄마는 어떤 식으로 나타날지
가끔 마음이 덜컥하긴 해.

그런데 말이야~
아이가 크면서 당연히
성장하는 과정이라고 생각하면
안 될까?

그래~ 그래.

허허;

하지만 다음에는 말이야. ㅋㅋ
제발 살살 지나가 주길 바라.

아들 아프지 마

아이가 아프면 엄마도
왠지 힘이 나지 않는다.

엄마!
엄마~
배 아파~

괜히 나 때문에 아픈 거 같고,

엄마~ 아파...
으앙~

어째...

어제 뭘 잘못
먹었나?...

그렇다고 대신
아파해줄 수도 없고 말이야.

엄마 마음만큼은 그래 주고 싶지만
현실이

'내가 아프면 누가 널 챙겨주지?'

그래도 다행히
약 먹고 나서 푹 자고 나니

상태가 많이 좋아진 아들.

냠냠...

네가 나아서
엄마는 얼마나 다행인지 몰라.

냠냠...
~♪♬

'엄마'라는 이름의 무게감

젊었을 때는

육아는
남의 일 같았다.

'설마 내가 육아를 할까?'라고
생각한 적도 있었으니 말이다. ^^;

그런데 직접 아이를 낳고 키워보니,

까야아아~ ♪ ♪

여기서 뛰면
안 되는데...

아하하하;

아, 아들...
제발...

예쁜 짓 할 때는

씨익~

한없이
예쁘고~

♥
~

떼쓸 때는

이걸 콱!

이게 육아인가... 싶다. 허허¨

초 월 했 음

허허허허허~

주위에서 누가 그러던데

육아는 100% 행복하고,
120% 힘들다는 말에 공감!

아이를 키우다 보면 예쁠 때도 많지만,

아이가 어릴 때는
엄마의 손길이 많이 닿아야 하기에

체력적으로나 정신적으로 지치게 되니
왠지 육아가 더 힘들게 느껴지는 거 같답니다.

아이를 키우면서 느끼는
엄마란 이름의 무게감...

'엄마도 나를 키웠을 때 이만큼 힘들지 않았을까?'

요즘은 생각해보게 된답니다.

이럴 땐 엄마도 속상해

엄마 간장국(?) 주세요~

응? 된장국 달라고?

아들이랑 실랑이를 벌이던 어느 저녁.

아니요~ 엉엉ㅠ

간장국이요.

으아앙~

정말 눈물 콧물 다 흘리며 서럽게 울고 있는 아들 얼굴을 보자니

나도 모르게 할말을 잊어버렸다.

엉엉~

간장국!!

아이가 떼를 써도
왠만하면 감정에 동요되지 않고
침착하려 했지만

왜 있지도 않은 간장국을 달라며
이렇게 서럽게 우는 거냐?

부르르르르~

아들이 잠이 와서 그랬던 걸까요?

있지도 않은 간장국을 달라고
저렇게 서럽게 우는데

그냥 엄마가 잘못 알아들었거나
아들의 잠투정으로 이해하면 되지만

떼쓰는 상황이 쉽지 않은
속상한 엄마랍니다.

엄마는 아프면 안 돼

얼마 전 배가 사르르 아픈가 싶더니
화장실을 들락거리기 일쑤~

으아

아아~

결국 병원에 가서
장염 진단을 받았다!

아들 보고 싶네~

배가 아파서 누워 있다 보니
가장 먼저 떠오르는 아들 얼굴.

찌잉~

엄마가 아프면
누가 널 돌봐주지?

그 순간

왜 그렇게 눈물이 나던지~

일하느라 바쁜 짝꿍.

멀리 떨어져 있는 부모님.

아이를 자주 맡기기 힘든 상황에서
어떤 일이 있어도 아프지 말아야 한다고
다짐하게 되었다.

흑흑~
아프지 말자!

아이가 아파도 속상하지만
나까지 아프면 아이를 누가 돌봐주지?

더 속상한 엄마 마음이랍니다.

'좋은 엄마'라는 가면

아이에게 한없이
좋은 엄마가 되고 싶지만

분노와
화로 차 있는 나의 내면

힘들다고, 쉬고 싶다고
마음은 한없이 외치지만

아이에게는
좋은 엄마가 되고 싶어서

남들이 볼 때는 더욱
좋은 엄마로 보이고 싶어서

엄마?

가끔은 웃는 가면으로
감추게 되는 나의 모습.

#쉽지 않은 #마음 다스리기
#Inner peace

지친 어느 날
엄마의 고백

유난히 지치는 날이 있다.

아들내미는
자기 하고 싶은 대로 하고

더 말썽을 부리는 그런 날.

너에게 큰소리로
소리치고 싶지 않았지만

너의 성난 몸짓,
반항 어린 행동을 보자니

나도 모르게
화를 토해낸 날!

소리 높여 울고 있는 너의 모습을 보면서

그러지 말았어야 했다는 걸
깨닫는다.

하지만 엄마는

그날 너무 피곤해서
그저 쉬고 싶어서

말을 안 듣는
너의 모습이 원망스러웠나 봐.

내 품에서 울며 지쳐
잠든 너의 모습을 보면서

가라앉는 내 마음은
고요히 속삭인다.

네가 그날따라 유별나고
어긋났던 건 아니야~

너의 성난 몸짓과 반항 어린 행동은

자기 마음을 알아주길 바라는
다섯 살 개구쟁이였을 뿐인데

엄마 나도
속상해~

내 마음을 알아줘!

단지, 엄마 마음이 피곤하고
지쳐서 그렇게 보였을 뿐

너와 함께하는 모든 시간마다
엄마도 에너지가 넘치고

힘이 나면 얼마나 좋을까?

짝꿍은 야근하고, 온종일 아이와 있다 보니
몸과 마음이 유난히 피곤했던 날이었습니다.

아이를 재우고 힘든 마음에
책상 앞에 앉으려니

머릿속을 스쳐 지나가는 여러 생각들,
그때의 복잡한 감정을 담아 기록해둔 것 같습니다.

아이에게 화를 낸 날은
나도 인간이라 속상한 마음에 그랬던 거라고,

한없이 부족하지만
누구보다 잘하고 있는 거라고,

내 아이를 잘 아는 사람은 엄마인 나밖에 없다고
말해주고 싶네요.

아이에게 이야기해주고 싶은 엄마의 속마음

엄마~ 이거 이거!

저거~

저거~

이거 해달라
저거 해달라

어느덧 하고 싶은 게
부쩍 많아진 다섯 살이 되었어.

으아앙~

사실 엄마는 네가 자라면서
이제서야 말귀를 알아듣나 싶었거든.

하지만
네 뜻대로 안 된다며
그저 서럽게 엉엉 우는 널 보니

네 마음은
꼭 그런 게 아니었나 보구나.

엄마는 언제나
너의 마음을 이해하고 싶지만

살다 보면
네 뜻대로 안 될 때도 참 많단다.

하고 싶어도, 가고 싶어도
그러지 못할 때가 많지.

결국 엉엉 울다가
엄마 품에서 울다 지쳐 잠든 너를 보니

가엾기도 하고,

너만 생각하면
엄마 마음은 항상

애틋하단다.

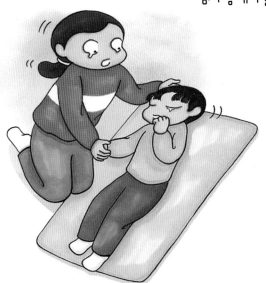

사랑하는 아이야.

지금은
좀 힘들더라도 말이야.

엄마는 네가 세상을 살아가면서

필요한 인생의 지혜를
조금씩 알려주고 싶구나.

#뼈아픈 훈육
#그러면서 #엄마와 아이는
#인생을 배운다

서로의 마음 안아주기

그러려고 한 건 아닌데

말 안 듣는 널 보며
엄마는 속상하고

너는 너대로 서운하고

속상한 엄마~

시무룩 아들~

우리 사이
가끔 이런다. 그지?

하지만 속상해도
서운해도

'서로 안아주고
마음 천천히 돌려보기'

아이에게 화낼 수밖에 없을 때
아이의 마음을 다독여주고

'꼭 안아주기'

서로의 감정이 상했을 때
쉬운 거 같아도 아이에게 실행하기가 어렵더라고요.

그 마음 잊고 싶지 않아서
그려봅니다.

언제 이만큼 자랐을까?

아이를 재우고 나서
스마트폰 갤러리에서
아이 사진을 보자니

ZZZZzzzz

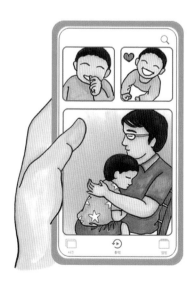

아이가 금방 자란 느낌이다.

'언제 이렇게 큰 거니?'

아이의 예쁜 모습 그대로
붙잡아 두고 싶은 엄마 마음.

꺄~아! ♬♪

~♪ ♬

아이가 무럭무럭 자라는 모습만 봐도
한편으로는 고맙고

또 한편으로는
미안해서

이 야밤에 엄마는
혼자 눈물짓네.

물론 생각만큼 육아가 쉽지 않지만

아들이 곤히 자는 이 밤에
나는 또 다짐해본다.

엄마 바람

엄마가 더 **더!**
많이 사랑해줄게~

흐어엉~ 아들!

하지만 현실은

아들내미 깨어 있을 때라도
더 잘 해주면 안 되겠니?

다음 날 아침

아들아,
제발 매달리지 마~

엄마,
놀아줘~

으아아아아아아~

마음만큼은 언제나 잘해주고픈 내 아이
왜 잘 때만 엄마는 다짐하고, 또 다짐하는 건지...

힘든 육아 일상 속에서 마음만큼은 되지 않더라도
엄마는 잠든 아이를 보며 힘을 얻고,

아이를 향해
"사랑해~"라는 말을 되새겨 보네요.

앞으로 엄마한테 미리 이야기해줘

어쩐지 그날
신나게 놀 때부터
알아봤어.

저기 저기~

꺄아!

집에
언제 들어가니?

엄마 엄마~

응가
마려워~

갑자기 다가온
아들 표정이 일그러지더니

엄마~ 진짜 쌀 거 같아...

ㅇㅇ~

ㅇㅇ~

아들!!! 빨리 집으로 가자!

설마... 싸... 쌌니?

뭔가 시원하면서도
불편한 너의 표정을 보니

ㅇㅇㅇ

요즘 잘 먹기는 잘 먹는지
구수한 냄새가ꕢꕢ

빡빡~
빡빡~

육아하다 보면 일어나는
이런저런 해프닝들.

그저 웃고 넘기기에는
가끔 황당할 때도 많지만

이것도 지나 보면
추억이 아닐까 생각하고 있답니다.

기다려주기

해보니 육아는
참 어렵구나.

언제나 기다림이다.

야!!

아이가 떼를 써도

속마음은
화내기 일보 직전이지만

아이가 떼를 멈추고

진정할 때까지
기다려주기.

아이가 못하겠다고
도움을 요청하면

아이가 스스로 할 수 있을 때까지
차근차근 알려주며
기다려주기

엄마를 때리고, 밀고
못된 행동을 반복해도

하지 않을 때까지
끊임없이 이야기하고
기다려주기.

사실 참을성 없는
내게는 너무나 어려운 일이 아닌가 싶었다.

휴우~~

너덜~

너덜~

하지만 힘든 만큼
엄마의 마음도 조금씩 성장하는 법.

오늘도
아이가 잘 자랄 수 있도록

끝까지 믿고 기다려주는 일.

p.s. 이런 나를 성장시키기 위해

엄마에게
너를 보냈을까?

우리 할머니

매사에 적극적이고
일할 때만큼은
여장부 같았던
엄마와 달리

자상한 미소와 따뜻한 품을 지니신
우리 할머니.

내가 기억하는 할머니는
조용히 귀담아들어 주시고
언제나 미소 지어주셨던
자상한 모습이었다.

할머니~ 학교에서
어쩌고저쩌고~

사춘기 때 한참 힘들었을 무렵

연약하고 작은 체구인
할머니의 품에 안기면

바다처럼 넓고 포근했으며

할머니이이~

가끔 힘들 때마다
홀로 우시는 모습을 보이셔도

다시 꿋꿋하게 일어나는
'인내의 아이콘'이라고 생각했다.

요즘 육아를 하면서
가장 힘들었던 부분이

바로 인내!

忍··· 忍··· 忍··· (참을 인)

평소 성격이 급한 나에게
가장 부족한 부분이지만

육아는 이런 나를 수없이
안내의 상황으로
몰아넣었다.

떼쓸 때도 화가 나지만
아이가 진정할 때까지 참아주고,

아이가 스스로 할 수 있도록
기다려주는 것도 인내요.

엄마의 여유를 즐기고 싶지만
아이의 라이프 스타일을
함께 맞추어 주는 것도

바로 인내의 한 부분이 아닐까?

하루에도 수없이 꾹꾹~ 참을 인을
마음속에 새겨가는 나에게

할머니의 생전 모습이
존경스럽게 느껴지고
그녀가 그리워지는 요즘이다.

쉬야 전용 바지 이야기

아들의 대변 훈련을
시도했을 즈음(30개월 정도)이다.

이제 기저귀를
떼야 하는데...

기저귀를 계속 차게 하면

훈련이 안 될 것 같고

그렇다고 팬티만 입혀두자니
빨래는 누가 감당할 것인가?(끄응~)

무엇보다 아이의 다리가
추울 것 같아서

어떻게 할지 고민하다가

평소에 잘 입지 않는
아들의 바지를 꺼내

가운데 부분을
동그랗게 잘라주었다.

신체 부위(?)에 맞게
엉덩이는 좀 더 넓게 잘라준다.

바지 뒷면

완성 후에 팬티는 벗기고
아들에게 입힌다.

짜잔!

아들 전용
쉬야 바지 완성!

그쪽에(?)
수시로 넘나드는 시원한 바람에

엄마!
쉬이~

아들도 변기통에
쉬를 싸야 한다는
자극이 되지 않았을까?

무엇보다 바로
변기통을 들이댈 수 있기에

엄마 쉬이~~

부랴부랴~

무척 간편했다.

무엇보다 은근슬쩍 보이는
아이의 작은 엉덩이를 보는 것도
꽤 귀여웠다.

귀여워♡

이 방법은 집에 있을 때만
적용할 수 있었다.

지금은 혼자서
화장실에 다녀오는 아들을 보며

그때의 기억이 떠올라
웃음이 지어진다.

엄마~ 화장실 갈게.

그래~그래~

PART : 4

8l년생 육아맘

그냥 육아 실습을 가르쳐 주세요

정말 힘들게 수능 보고
대학까지 졸업해서
사회 나와 취업했더니

결혼 후에 아이 낳고
바로 경단녀!!

엄마가 되어보니
아무도 가르쳐 주지 않는 실제 육아 상황.

아이 하나 키우는 데
알아야 하는 게 참 많다.

단시간 안에
빡세게 습득 중인 엄마 ㅠㅜ

그때 말이야~
국어, 수학, 과학보다

육아 실습이라도
제대로 배워 놓았으면

(실제 가정 시간이 있었지만
육아를 글로 배웠습니다.)

아이를 낳고
시행착오를 덜 거쳤을 텐데...

갑자기
젖병 거부!

육아 전쟁에
조금이라도 마음의 준비를 하지 않았을까?

젖병을 거부하는
이유가 뭔가요?

타닥

타닥

덕분에 오늘도 엄마들은
아이가 자는 밤낮으로

인터넷에서
육아를 배웁니다!

육아맘도
커피가 필요해요

아이와 손잡고 카페 문을 열면
왠지 모를 싸늘한 시선!

싸늘한 시선의 주인공
소음 공해범~

한시도 가만있지 않는
비글 美까지 탑재!

뭐 아이를 데리고 가면
아이들이 피우는 소란 때문에

당연히 그렇게 생각하겠지만

"난…난… 여기서
절대 움츠려 들지 않겠다!"

그래 봤자 커피는
테이크아웃만 가능하지만

예전 같으면 아무렇지 않을 순간들이
어린 아들과 함께 나가면

나도 모르게 눈치를 봐야 하는 상황들이
솔직히 속상하다.

하지만 육아맘들도

카페에서 마시는 맛있는 커피는
절대 포기할 수 없다!

외출할 때
스마트폰을 보여주면 맘충?

식당을 가면 아이 때문에 밥을 편하게 먹기는 힘들고,
아무래도 주변의 눈치를 보게 되는 건 어쩔 수 없다.

한참 말하는 것에
재미 들인 아들내미는

밥 먹을 때마다
쉴 새 없이 종알종알~

흥이 나면 노래까지 부른다.

슬슬 지루함이 밀려오면 떼까지 쓰니
아주 진상 고객이 따로 없다. ㅠㅠ

그럴 때마다 자동으로 꺼내게 되는 스마트폰.

아이를 집중하게 만드는 데
이것만큼 효과적인 게 없어서

아예 식당 올 때부터 틀어놓고
식사하는 부모들도 봤다.

초! 집! 중!

하지만
그 마음도 이해한다. 백번 이해한다.

아이를 데리고 외식한다는 건
정말 큰맘 먹고 해야 하니까.

엄마는 얼큰한 찌개가 너무 먹고 싶은데
제발 조용히 먹을 수 없을까??

엄마가 뭐라 하든
나는야~ 소귀에 경 읽기~

육아 하느라 하루 종일 진 빼는 엄마들은
아주 가끔은 외식도 하면서

여유 있게 먹고 싶은데...

정말 밥이 눈으로 들어가는지,
코로 들어가는지 모르겠드아아아아~

식당에서 아이 데리고 온 엄마들이
스마트폰 영상을 쥐여 주어도

눈총 받지 않고 편하게 밥이라도 먹고 싶은
마음이라는 걸 이해해주세요.

육아맘도 가끔은 살기 위해(!) 하는
어쩔 수 없는 선택이랍니다.

워킹맘 동생 이야기

일하던 동생에게 갑자기 연락이 왔다.
조카가 몸에 열이 나서 힘들어 한다고. 학교에서 바로 데리고 가라는데,
혹시 자기 대신에 갈 수 없냐고 연락이 온 것이다.

'아~ 마침 끝내야 하는 일이 있는데...'

순간 안타까운 마음에 작업을 빨리 끝내고 가보겠다고 했으나,
이미 조카는 혼자서 집까지 걸어온 모양이었다.

(학교에서 집까지 10분 정도의 거리이며, 초등학교마다 다르지만
아이가 아플 경우 바로 집으로 귀가 시킨다고 한다.)

언니~ 나 대신 학교로 가줄 수 없어?

동생 집에 가보니 조카는 침대에 누워 있었고,
다행히 상태는 많이 심하지 않았다.

'하지만 왜 이리 마음이 찡한지...'

옆에 엄마가 있으면 가장 좋겠지만, 그러지 못할 때는
든든하게 지켜줄 보호자라도 옆에 있으면
일하는 엄마의 마음이 그나마 안심되지 않을까?

워킹맘의 하루

출근 준비하랴, 아이 등원 챙기랴 정신없는 아침을 뒤로하고
간신히 회사에 도착하면 쏟아지는 업무들이 기다린다.

아이를 생각하며
부랴부랴 일 끝내고
퇴근길을 나서면
눈치 주는 상사의
따가운 시선이
등에 꽂힌다.

으아~ 또 늦겠다. ㅜㅠ

허둥~
지둥~

하지만 오늘도 워킹맘들은
기다리는 아이를 위해
어린이집, 유치원, 학교로
부지런히 달려간다.

가끔은 덩그러니 홀로 남아 있는 아이의 신발에
엄마 마음 맴찢~한 순간도 있지만

엄마!!!

엄마의 얼굴을 보자마자 환하게 반기는 아이의 미소를 보며,
오늘도 지치고, 피곤한 하루일지라도 힘을 내본다.

웅!!
엄마 보고
싶었어~!

오늘
잘 지냈어?

아이가 셋이면
벌어질 수 있는 일

한여름 땡볕이 내리쬐는 어느 날.
조카와 아들을 데리고
택시를 기다리다가

택시!

택시!

10분, 20분...
빈 택시가 멈출 거 같다가도

우리를 보더니
쌩하고 그냥 지나가버린다.

쌩~

아이들은 땀을 뻘뻘 흘리고
빨리 목적지로 이동해야 하는데

그 순간 혼자 별 생각이 다 들었다.

물론 아이들 셋이 타면
택시 안이 얼마나 시끄러울지

그 마음도 충분히 이해가 간다.

아이가 하나라 주위에서
'하나 더 낳아라!'는 말을 수없이 듣지만

조카들과 함께 아이 셋이 다니다 보면
수없이 곤란한 상황에 마주친다.

물론 아이가 많은 것은 장점이 배가 될 때도 있지만

밖에 나가면 '아이들이 있어서 시끄럽고 귀찮아~'라는 주위의 시선들.

이러한 사회의 관점이 변하지 않는 이상
불편함을 감당해야 하는 육아맘들에게

아이를 더 낳아서 키우는 일은 쉬운 일이 아닐 것 같다.

하아~

애를 많이 낳으면
애국자라고요?

아이를 안고 길을 지나가다 보면
가끔 이런 이야기를 하시는 분들이 있다.

물론 계속해서 떨어지는 출산율을 보면 이런 이야기를 듣는 것도 이상하지는
않다(출생률이 1% 미만이니 1가구당 아이를 하나 낳을까, 말까 하는 수치니까).

나라에서는 임신, 출산, 육아에 관련된
다양한 정책을 내놓지만,

실상 개인의 불편과 타인의 시선을 감당해야 하는 육아맘들에게는
사회적인 인식이 바뀌지 않는 이상, 출산율은 올라가지 않을 거라 생각한다

아이를 누구보다 잘 아는 사람은 바로 엄마랍니다

아이의 잠투정에 시달리느라
오늘도 잠을 푹 못 잔 상태.

'언제 원 없이 자볼까?' 하는
이런 푸념은 뒤로하고...

날 깨우는 아이의 미소에
오늘도 강제 기상!

밥도 징그럽게 안 먹는 아이를 붙들고 있노라면
그냥 내 속이 터지고

속상한 마음에
아침을 시작하니

아! 맞다. 오늘
소아과 예약이 있었지?

으아~
어느새 늦었구나.

내 뜻대로 안 되는 아이를 붙들고
낑낑대며 외출을 준비하다 보면

급한 마음에 부랴부랴
아이와 소아과 가는 길.

아니, 와
아 양말을 안 신겼노?

네?

요즘 엄마들은
자기만 생각한다니까~

아가 감기
걸리면 우짜노?

쯔쯔

내 몸도
내가 제대로 못 챙기는데...

사실 급하게 준비해서 나오느라
일부러 그런 건 아니에요.

아이와 온종일 함께 있다 보면
얼굴도 제대로 못 씻고

머리도 감지 못해서 묶고 다니기 일쑤.

너 저 분

그나마 아이만큼은
제대로 챙기려고 하지만
그것도 쉽지는 않네요.

기저귀 금방
갈아줄게.

으앙~

아이와 씨름하며
애써 보지만
아직은 초보맘인걸요.

아침에 우는 아이를 뒤로하고
출근했다가 퇴근하고 와서는

엄마가 보고 싶었다고
울먹이는 아이를 재우며
하루 종일 마음 졸인 워킹맘이나

하루 종일 아이와 있으면서
아이 챙기느라
쉴 시간조차 없는 전업맘들.

으으~ 이제 일어나야 하는데…

다들 '엄마'라는 이름으로
하루하루 아이만 바라보며 최선을 다하지만

엄마도 인간이기에
실수할 수밖에 없다.

하지만 그런 엄마도 너그럽게 봐주세요!

내 아이를 누구보다
가장 잘 아는 사람은
바로 엄마랍니다!

아빠의 육아 유형

잔소리 시어머니형 : 육아를 머리로만 앎

밥 먹을 때 폰 보여주지 마!

얼른 씻기고, 일찍 재워야지.

애는 왜 울리고 그래?

행동으로 잘 실천하지
않는다는 게 팩트!

왜 낮잠을 안 재우고

밥을 잘
먹어야
쑥쑥 크지!

역시나
잔소리는 꾸준히 한다.

어쩌고저쩌고...

저 인간이~
그럼 네가 하던가!!!

부글

부글

의욕만 충만형 : 속 터짐

무관심형 : 분노 유발

슈퍼 대디형 : 만능 육아맨

육아에 지친 아내에게

힘들지? 잠깐 쉬다 와!

틈틈이 자유 시간을 주고,

집안일뿐만 아니라

옳지~배가 고팠구나.

아이를 알아서 잘 돌본다.

유일한 단점이라면 존재 자체가 천연기념물!

슈퍼대디 돌아왔다

애 좀 잠깐 봐줘~

가끔 TV 속에 등장하거나

언제나 건너편 남의 집 아빠인 게 함정!

현실은 조용해서 가보면 TV 보여주고 자고 있기.

ZZZ

우리 집에서는 꿈꾸기도 어렵다.

이번 생은 틀렸으니

잘 한다~ 우리 아빠 최고!

끈기를 가지고 응원해주는 걸로!

PART : 5

서툴러도 괜찮아. 엄마니까

이 소소한 순간들

이 지구상에서 너와 내가 만날 확률이
몇 십 억분의 일인데도 말이야.

이 순간을 감사하고, 이 시간이
얼마나 행복한지 깨달아야겠지.

그때 가서 엄마가 서운하기 전에 말이야.

육아를 하다 보면
밀려오는 다양한 감정들.

가끔은 속상하고, 힘든 감정에 집중할 때도 있지만

아이와 함께하는 순간들이 지나고 보면
그리 멀지 않음을

깨닫게 된답니다.

#좋았다 나빴다 #인생이나 #육아나
#그래도 아이와 함께 #즐겨보기

당신은 하나뿐인 소중한 엄마예요

으아~

응~애~

육아해보니 생각보다
쉽지 않죠.

아이도 태어나서
세상이 처음이었던 것처럼

우리도 엄마가
처음이거든요.

이제 잠들었겠지...

눕히자마자

마음만큼은
언제나 의욕이 넘치고

아이에게 한없이
좋은 엄마가 되고 싶지만

현실은
마음처럼 쉽지 않은 거죠.

그래도
실망하지 말아요~

우리 아이가
건강하게 잘 자랄 수만 있다면

이봐! 아들;;;

♬ 꺅꺅~

이유식
튀어서
묻음.

그게 감사이고

행복인 것을─

쓰윽~

그래~
엄마는 너만 좋다면야~^^

으하하하하하황;;

물론 서투르지만

당신은 아이에게 하나뿐인
소중한 엄마라는걸 🖤

언젠가는 이 순간이 그리워질 날이 오겠지

네가 아기이던 시절

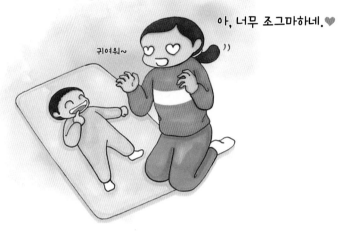

아, 너무 조그마하네.♥

귀여워~

"언제 넌 커서
엄마랑 자유롭게 대화할래?"

까꿍~

아부우부우우우~

그땐 엄마는 간절히
바라기도 했지. ^^

어느덧 네가 커서
처음으로 대화했던 날!

그땐 진짜
감동했던 거 아니?

엄마~
이거 쥬~세요.

하지만
금세 말이 익숙해진 너는

하루 종일 옆에서 종알종알.

아~ 이제 그만
이야기해도 돼.

엄마~
어쩌고~ 저쩌고~

으아~

주저리~

주저리~

가끔은 엄마도 체력적으로 지쳤을 때
(미안하지만) 그런 마음이 들긴 했어.

하지만
너의 자는 모습을 바라보면서

'우리 아들 언제 이만큼 컸을까?
벌써 어린이가 다 됐네.'

여기서
그만 크면 좋겠는데....

그런 생각이 들다가도

다음 날 아침에는 어김없이
떼를 쓰는 너를 보며

그 말 취소다. ㅎㅎ;

으앙~ 싫어. 싫어;;

안 할 거야!

떼쓰기
억지 부리기;;

아들아 ㅋㅋ
그냥 빨리 커서 사람 되자! ㅋㅋ;

어제 한 말 취소!

네가 웃어줄 때
엄마는 행복해

아이를 낳기 전에는
내가 엄마가 되면
이러지 말아야지 했던 행동들.

하지만 화가 치밀어 오른다고
아이에게 화를 내고

바쁘다며
일에 더 집중하고

아이는 계속 놀아달라고 하는데
엄마는 그저 쉬고 싶다며

쉴도 없이
하루 종일 아이랑 함께 있거나

퇴근하고 녹초가 되어서
집에 오면

엄마도 지쳐서
잘 놀아주지 못 하는 거 알아.

사실... 엄마는 말이야.

마음만큼은 너에게 좋은 엄마가 되고 싶은데
그러지 못 하네.

그래도 네가 한 번쯤
엄마에게 고운 미소를 보여 줄 때마다

별것 아닌 엄마의 행동에도
까르르~ 웃어줄 때

그래도 엄마가
괜찮은 사람 맞는 거지?

사실 말이야.
네가 지금처럼 웃어준다면

엄마는
세상에서 제일 행복할 거야.

언제나 엄마랑 함께 있고 싶고
엄마랑 놀고 싶다는 아들.

마음만큼은 그 누구보다 잘 알지만

상황에 따라서
바람만큼은 못 따라주어도

아이가 옆에 있기에
엄마는 힘내고 있다고

그리고 행복하다고 말해주고 싶네요.

엄마 배 속에
들어가고 싶어요

엄마 배 속에
들어가고 싶어요~

어느 날 내 품에 안기며
뜻밖의 말을 꺼내는 아들을 보며

응... 왜?

엄마 배 속이
좋았어요!

설마 그때 일을 기억하는 걸까?
뜻밖의 말에 내심 놀라기도 했지만

세 돌이 지나고 나서 말도 늘고
자기 스스로 하는 일이 점점 늘어난 만큼

엄마는 그만큼 많이 컸다고 생각했나 봅니다.

혼자서 할 수 있어!

흥!

하지만
엄마가 안 보이기라도 하면

가끔 엄마를 찾는 아들을 보자니

이제... 잠들었겠지?

엄마!

벌떡

앗!

엄마~
어디 있어?~

영영~

영영~

스스로 혼자 하려는 시기에
엄마라는 존재를 한 번 더

확인하고 싶은 게 아닌가 하는 생각이 드네요.

아들~ 지금 이 상황이
낯설다고 두려워하지 않아도 돼.

놀랐지? 괜찮아.

처음 시도하는 건 좀 어렵지만
반복되면 수월하게 할 수 있거든.

네가 스스로 할 수 있을 때까지
엄마가 옆에서 언제나 응원할게!

엄마 사랑해♥

하루 종일 아이와 씨름하고
집에 들어오면

오늘도 쉽지 않은
독박육아.

치우고 치워도 끝이 없구나~

하아~

주섬~

주섬~

하지만

뒤에서 엄마를 안아주는
너의 따뜻한 한마디에

엄마 사랑해~

엄마는 그저 힘이 나!

엄마 힘내세요!
우리가 있잖아요

딩동~

딩동~

어린이집

아침에 일어나서
어린이집 등원시키고

작업하랴~ 집안일 하랴
정신없이 집중하다 보면

화르르~~

아! 맞다
국 끓여놨지~

벌써 하원 시간!

아들을 어린이집에서 데리고 와서
함께 놀다 보면

어느새 저녁이다.

밥 먹고 나서
재우면

벌써 하루가 저무네~

언제나 다람쥐 쳇바퀴처럼
돌아가는 육아맘의 일상.

주중에 하루 종일 달리다 보니
금요일 저녁에는

엄마도 마냥 쉬고 싶다.

그 모습을 지켜보던 아들이
쪼르르 달려오더니

엄마~ 힘내세요!~

우리가 있잖아요~

노래를 불러주는데

으아... 아들 감동~

그래도 컸다고
엄마 응원해주는 거니?

그래도 너밖에 없네!

엄마가 이 맛에
오늘도 육아 힘내볼게!!

으쌰~

파이팅~!

어느덧 자라서
엄마 힘내라고 응원해주는 아들의 모습을 보며

엄마는 한편으로 흐뭇하면서도
힘이 난답니다. ^^

엄마가 행복해야
아이도 행복하다

밀린 집안일 하느라 정신없다 보면
커피 한잔 마실 여유도 없고

이미 식어버린 커피

아이는 꼭 바쁠 때
다가와 놀아달라고 한다.

엄마! 놀아줘~

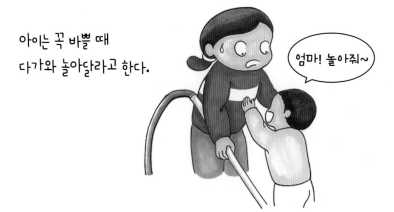

엄마 할 일 많은데...

아이와 같이 놀다가
떼쓰는 아이를 보고 참아야지 하지만

현실은 말이야.

아이에게 화를 내고 나면
'난 나쁜 엄마인가 보다' 하는 죄책감에

잠든 아이를 바라보며
왜 이리 미안한지...

가끔은 주위에서 요구하는
좋은 엄마의 기준을 버리고

힘들어...

나의 내면으로 들어가서
솔직하게 자신의 모습을 바라보는 게 어떨지?

타인에게 좋은 엄마로 비치는 것이 중요한 게 아니라

아이에게만큼은
좋은 엄마가 되면 되지 뭐~

엄마가 행복하면 자연스레
그 감정이 아이에게 흘러가지 않을까 싶다.

엄마가 행복해야
아이도 행복한 것처럼~

작년만 해도 작아 보이던 너!
어느새 이만큼 큰 거니?

아기 때는
그나마 가벼워서

거뜬히 들어 올렸는데

지금은 많이 커서

온 힘을 다 해도
들어 올리기 힘들다.

223

까르르르르르~

그나저나
너의 웃음소리는 말이야~

언제나 변함이 없구나.

엄마는 정말 정말...

네 웃음소리만 들으면
기분이 좋아져.

이제는
좀 무거워져도 말이야. ㅋㅋ

엄마
계속해주세요!

그래~
엄마 좀 힘내볼게. ㅋㅋ

끄아~

해주세요!!

작년까지만 해도
작아보이던 네가

어느새
이만큼 큰 거니?

금방금방 커가는 아이를 바라보며
엄마의 무게감도 함께 커가지만

까르르~
아이의 함박웃음에

오늘도 엄마는 행복한 미소를 지어봅니다.

선물

까르르~

똑딱~
똑딱~

엄마의 똑딱~ 소리에도
해맑게 웃어주던 너의 모습.

참 별것 아닌데
엄마 얼굴만 봐도 그냥 좋은 건지

크리스마스이브에
울려 퍼지는 너의 맑은 웃음소리~

엄마에게는
꼭 산타가 가져다준 선물 같구나.

아이가 태어난 지 6개월 무렵에

아이의 해맑은 웃음소리를 들으며
힘을 내던 그 시절.

그때의 아이의 모습을 잊지 않고 싶어서

아이가 잘 때 그려보았던
연필 스케치도 함께 담아 보네요.

너에게 만큼은 말이야♡

너에게만큼은 말이야.

엄마는 아낌없이
퍼주는 나무가 되고 싶어.

하지만 엄마도
그러지 못할 때가 많단다.

현실은 마음처럼
쉽지 않을 때가 많거든.

그렇지만

엄마는
세상에서

너를
제일 사랑해.

언제나 내 품속의 아이?
이제는 너만의 세상으로
보내줘야 할 때

엄마
사랑해요~

상냥하게 엄마를 부르는 너의 목소리에
꼭 안아주고 싶었던 벅찬 마음.

언제나 엄마 품에만
있을 거 같았던 네가
유치원에 가고 친구들과 놀면서

이제 서서히 엄마를 찾지 않는구나.

솔직히 처음에는
시원~ 후련했는데 말이야. ㅋㅋ

엄마도 자유 시간!!

아싸!!

시간이 지나고 나니
왠지 섭섭하기도 해.

열 달 동안 배 속에 품었던 나의 작은 아이야.

엄마는 널 마음속에라도
언제나 꼭 품어 주고 싶지만

으아아아앙~

꽈당!

네가 커가면서 다양한 사회를 만나고
그리고 친구를 만나면서

엄마는 너만의 삶이 펼쳐지길 기대하고 있어.

괜찮아?

엄마는~ 여길 지키면서
묵묵히 너를 응원하면서 말이야.

힘들 때는 언제든지 달려와!
그런 너를 꼭 안아 줄테니...

엄마아아~~

와락!

엄마는
너를 언제나 응원해! 💜

아이의 시간은 아이마다 다르다

다른 집 아이들은 백일이 되기도 전에 뒤집었다는데
우리 아이는 120일이 되어도 깜깜무소식!

9개월 되기도 전에 기고 일어선다는데

238

아이 자는 와중에
맘카페를 폭풍 검색하며

하지만 지나고 보니

아이들은 때가 되면, 알아서 뒤집고, 기고, 서고 또는 걸었더라.

말을 하는 것도 한글 떼는 시기도
아이의 성향과 기질에 따라 각자 다를 뿐

남의 집 아이의 기준에 맞추어, 또는 육아 책에 나온 대로
우리 아이도 그렇게 되길 바라는

엄마의 걱정을 비우고,
우리 아이를 있는 그대로 바라보자.

아이는 아이의 시간에 맞추어
스스로 잘하고 있더라!

본 책의 내용에 대해 의견이나 질문이 있으면
전화 (02)333-3577, 이메일 dodreamedia@naver.com을 이용해주십시오.
의견을 적극 수렴하겠습니다.

육아가 美치도록 싫은 날

제1판 1쇄 | 2020년 6월 30일

지은이 | 이루미맘(오영경)
펴낸이 | 손희식
펴낸곳 | 한국경제신문*i*
기획제작 | (주)두드림미디어
책임편집 | 배성분

주소 | 서울특별시 중구 청파로 463
기획출판팀 | 02-333-3577
영업마케팅팀 | 02-3604-595, 583 FAX | 02-3604-599
E-mail | dodreamedia@naver.com
등록 | 제 2-315(1967. 5. 15)

ISBN 978-89-475-4579-2 (03810)